HÉLÈNE BRULLER

je veux toujours le prince charmant

ALBIN MICHEL

DU MÊME AUTEUR :

les autres filles
HACHETTE

les mecs des autres filles
HACHETTE

le guide du zizi sexuel
ILLUSTRÉ PAR ZEP
GLÉNAT

les minijusticiers
ILLUSTRÉ PAR ZEP
HACHETTE

je veux le prince charmant
ALBIN MICHEL

je vais le tuer

les p'tits cons
la p'tite frappe
EXPRIME UNE AGRESSIVITÉ CONSTANTE AUX MOTIFS TOTALEMENT ABSTRAITS.
WÔ VAZY COMMENT TU ME MATES, T'ES VEUGRA, MEC!
KESS'TA KESS'TA
T'INQUIÈTE. TOUT À L'HEURE IL S'EN EST PRIS À UN PLATANE.
FUCK
le schtroumpf dormeur
EXPRIME UNE FATIGUE CONSTANTE AUX MOTIFS TOTALEMENT ABSTRAITS.
ALLEZ! JUSTE UNE PETITE PROMENADE POUR DIGÉRER LE REPAS DE MIDI!
OUÊÊÊHOOO... TROP PAS COOL DÈS LE RÉVEIL..
la pile électrique
EXPRIME UNE NERVOSITÉ CONSTANTE AUX MOTIFS TOTALEMENT ABSTRAITS.
..WÂÂ! PIS Y'A AUSSI UNE SUPER SCÈNE HA! HA! TROP, LE FILM! ET QUAND PAF!..
MAIS IL CARBURE À QUELLE ÉNERGIE, LUI?!
SAUTILLE DANDINE
LA MIENNE...
le saturé d'hormones
EXPRIME UNE OBSESSION CONSTANTE AUX MOTIFS TOTALEMENT SEXUELS.
NICHON... CHATTE... FILLE... MOUILLE... SALOPE... ARF!
BEN PROFITE TANT QUE T'ES PUCEAU PARCE QU'Y A AUSSI: P'TITE BITE, ÉJACULATION PRÉCOCE, IMPUISSANCE ...

le che Guevara de l'hygiène
EXPRIME UNE REVENDICATION CONSTANTE AUX MOTIFS DE LIBERTÉ DE PAS SE LAVER.
À LA DOUCHE !
CETTE EXIGENCE EST UNE ATTEINTE À MA LIBERTÉ DE ME SENTIR EN HARMONIE AVEC MON CORPS.
POUR L'INSTANT, C'EST TON CORPS QU'EST UNE ATTEINTE À MA LIBERTÉ DE SENTIR ! ALORS, À LA DOUCHE, PUDUK !
GRAT GRAT
le qui-sait-tout
S'EXPRIME CONSTAMMENT AUX MOTIFS DE NOUS CASSER LES COUILLES.
C'EST BIEN LES VIEUX, ÇA : BOOSTER SA MACHINE AVEC 5 MÉGA-BITES DE MÉMOIRE ! WAHA ! WOUAR ! WOUAR !
GH !
N'G'
MICROS
OUAIS, BEN, CULBUTER SA COPINE AVEC 5 MILLIMÈTRES DE BITE, JE PEUX TE DIRE QU'ELLE S'EN SOUVIENDRA AUSSI !
le rien
EXPRIME RIEN.
IL A RIEN FAIT NI RIEN DIT DE TOUTE LA JOURNÉE. TU CROIS QU'IL FAIT LA GUEULE ?
COMMENT VEUX-TU QUE JE SACHE ? J'ARRIVE MÊME PAS À DÉTERMINER S'IL EST ENCORE VIVANT !
le déjà trop mûr
S'EXPRIME COMME NOUS.
CE QUI M'ENNUIE, C'EST QUE DÈS QUE J'ENTRE EN COMMUNICATION AVEC UNE PERSONNE DE TON ÂGE, JE RESSENS COMME UN MALAISE DONT J'IGNORE AUTANT LA CAUSE QUE MA PART DE RESPONSABILITÉ...
LE TRUC QUI CLOCHE, C'EST QUE NORMALEMENT TU DEVRAIS ÊTRE CON.

LES MALADES FILLES

LES MALADES MECS

À CAUSE MAL CORREC'
les cul-cul disent "mince" à la place de "merde"…
VU COMMENT TU PARLES, J'AI PENSÉ QUE TU COMPRENDRAIS MIEUX "ATTENTION, Y'A UNE MINCE"…
…et "purée" à la place de "putain".
Y'A PAS DE VENDEUR POUR NOUS AIDER, ICI ? MAIS ILS SONT OÙ, PURÉE !
REDIS-MOI ÇA AVEC L'ACCENT MARSEILLAIS, POUR VOIR…
les bofs disent "à" à la place de "de"…
T'AS VU LA MAISON À LAURENT ?
DIS-MOI QUAND TU LIS "LA MAISON DE LAURENT" DANS LES BOUQUINS, TU COMPRENDS QUOI ?
DANS LES QUOI ??
OUI, ÉVIDEMMENT… J'AURAIS DÛ M'EN DOUTER…
…et "a" à la place de "il" ou "elle".
ET PIS A' VA COMMENT VOT' COPINE QU'EST ACTRICE, LÀ ?
AVA GARDNER ? ELLE EST MORTE.
ET C'ÉTAIT PAS MA COPINE.

les coincés disent "personne de couleur" à la place de "noir"...
ARRÊTEZ DE FLIPPER COMME ÇA, ESPÈCE DE RACISTE! VOUS ME DITES QU'IL EST "DE COULEUR", JE VOUS DEMANDE QUELLE COULEUR?
EH BIEN... D'AFRIQUE, VOYEZ...
NOIR, DONC.
VOILÀ...
ET VOUS POUVEZ PAS DIRE "NOIR" SANS DEVENIR ROUGE?
... et "non-voyant" à la place d' "aveugle".
ET TON POTE NON-MARCHANT, IL EST TOUJOURS AUSSI NON-BEAU?
C'EST DE L'HUMOUR?
OUI... MAIS APPAREMMENT, T'ES TOUJOURS NON-COMPRENANTE...
les fonctionnaires placent n'importe quelles expressions, n'importe comment, n'importe où.
DE PAR LE FAIT QUE LE SUS-DEMANDEUR...
PITIÉ! C'EST PIRE QUE LA CRAIE QUI COUINE SUR LE TABLEAU!
les avocats ne parlent que l'avocat.
L'USUFRUIT DE LA QUOTE-PART ÉTANT ASSUJETTI À L'ARTICLE 6b DES CASUS-PROXIMIS LÉGIFÉRÉS...
C'ÉTAIT QUOI, TA QUESTION?
JE SAIS PLUS. JE SUIS MÊME PAS SÛRE QUE CE SOIT À MOI QU'IL PARLE.

Avec des pieds...

... les petites boulottes ...
... avec les pieds rouges ...
ON DIRAIT DES PIEDS DE BÉBÉ GÉANTS
... les bonnes sportives ...
... avec des pieds à oignons ...
L'ODEUR AUSSI FAIT PLEURER
... les porteuses de chaînes à la cheville avec des pieds trapus de porcelet ...
AVEC DES SAUCISSES DE COCKTAIL À LA PLACE DES ORTEILS
OUAIS, ET CE QUI EST MARRANT, C'EST QUE TOI, T'AS LES PIEDS À LA FOIS D'AUTRUCHE ET DE PORCELET AVEC UN AIR DE BABOUIN EN PLUS... HI ! HI !
J'AI AUSSI DES PIEDS AU CUL SI ÇA T'INTÉRESSE !

CHAUSSURE
les bouts pointus, c'est joli...
...mais on constate que d'un point de vue géométrique, ça ne va pas...
...en tout cas, les pieds eux, l'ont bien compris.
BON. BEN FAUT DIX MINUTES POUR QU'ILS REPRENNENT LEUR FORME...
les à lacets, ça demande une patience infinie...
BEN, TU METS PAS TON PANTALON AVANT?
ET MRD.
...et au final, c'est trop serré...
Y'AVAIT UNE PROMO SUR LES SAUCISSONS? HA HA
...ou trop lâche.
HA!
PTOÏNG
les talons de la mort, ça fait une jolie jambe...
...mais, soit on passe la journée sur la pointe des pieds...
AÏE
...soit on se détend et on a l'impression de passer sa journée entre deux marches d'escalier.
HOU LÀ!

Ça me vrille les nerfs

LES BOUFFEURS DE GRAINES

ÇA VA ÊTRE NUL

CLIC

la photo de soirée au polaroïd
POUR VOUS, C'ÉTAIT CLAIR : VOUS AVEZ FAIT LE GRAND SOURIRE DE LA FILLE QUI AIME FAIRE LA FÊTE SOUS LES JOYEUX SPOTS EN COULEUR...
CLIC
RÉSULTAT : ON DIRAIT UN ARRÊT SUR IMAGE DE LA NUIT DES ZOMBIES...
la photo de famille
VOUS VOUS ATTENDEZ À CE QUE LA PHOTO REFLÈTE CE QUE VOUS RESSENTEZ À TOUTES LES FÊTES EN FAMILLE : UNE RASSURANTE BANALITÉ...
CLIC
...MAIS NON. MÊME LÀ, IL Y A TOUJOURS UN TRUC BIZARRE QUI SE GLISSE.

la photo de vacances
VOUS NE SAVEZ MÊME PLUS POURQUOI VOUS CONTINUEZ À ESPÉRER UN JOLI SOUVENIR...
CLIC
IL SUFFIT DE REGARDER UNE PHOTO DE VACANCES POUR ÊTRE DÉÇUE, DÉÇUE, DÉÇUE.
le grand désastre : la photo-maton.
VOUS CROYIEZ AVOIR FAIT UN REGARD MYSTÉRIEUX...
...ET VOUS AVEZ UN OEIL FERMÉ, UN OUVERT.
VOUS ÊTES CONVAINCUE D'AVOIR POSÉ AVEC UN SOURIRE HEUREUX...
...ET VOUS AVEZ LE FACIÈS JOVIAL DE CASIMIR.
VOUS PRÉFÉREZ PRENDRE UN AIR SIMPLEMENT NORMAL...
...RÉSULTAT : LA TRONCHE DE REPRIS DE JUSTICE.
TANT QU'À FAIRE VOUS PRENEZ CARRÉMENT LA POSE SEXY...
...ET AU FINAL, VOUS AVEZ L'AIR D'AVOIR PÉTÉ DANS LA CABINE.

C'est pas au point...

Chiâââle

le bébé chiale en quatre étapes: 1 l'éclat en sanglots.
C'EST SOIT UN BRUIT SACCADÉ DE VOITURE QUI DÉMARRE PAS, SOIT LA SIRÈNE DE VOITURE DE POLICE.
AAAAAAAAA
2 blocage sur mode silencieux ...
VOUS DISPOSEZ D'ENVIRON 6 SECONDES ...
...
...c'est un peu comme un hurlement mais sans le son.
... POUR METTRE DES TAMPONS DANS LES OREILLES.
...
3 la recharge.
HHHHHHH
ÇA VOUS PERMET DE CONSTATER QU'IL RESPIRE ENCORE.
4 l'explosion finale.
BÂÂÂÂ Â
C'EST SEULEMENT LÀ QU'ON PEUT VRAIMENT CONSIDÉRER QU'IL PLEURE.
la femme adulte pleure directement en phase 4 pour l'effet de surprise...
BOU-HOU-HOU-H
... ou reste en phase 2 des journées entières.
deuxième jour de gueule
«FEMME-ENFANT», TU PARLES ! C'EST UNE INSULTE POUR LES ENFANTS ! AU MOINS LES BÉBÉS, EUX, RESPECTENT LES ÉTAPES ET LES DURÉES !

LES DENTS
les petites dents à grandes gencives.
ON A L'IMPRESSION QUE LES GENCIVES SONT EN CIRE DE BOUGIE QUI COULE SUR LES DENTS.
On les trouve sur le genre chevalin.
T'AS PAS PEUR QU'UN JOUR, LA GENCIVE RECOUVRE TOUT ET QUE ÇA FASSE PETITES DENTS EN CAOUTCHOUC ROSE ?
les dents "Édika".
ON A L'IMPRESSION QU'IL Y EN A 125 PAR MÂCHOIRE.
on les trouve sur le genre nœud dans les cheveux.
EH BEN AU MOINS AVEC UNE PANOPLIE PAREILLE TU VAS POUVOIR EN BOUFFER DES ŒUFS À PÂQUES !
les dents déchaussées.
ON COMMENCE À VOIR LE RÉTRÉCISSEMENT DES DENTS À LA BASE DE LA RACINE.
on les trouve sur le genre vieux ou fumeur.
OU LES DEUX !
ET ALORS LÀ, C'EST CARRÉMENT LE FILM D'HORREUR.

les dents anti-brosse.
ON A L'IMPRESSION QU'ELLES FORMENT UN SEUL BLOC FORMÉ PAR DES ANNÉES D'ACCUMULATION DE TARTRE ET AUTRE VILAINIES.
on les trouve sur le genre no-sexe.
PITIÉ, NE M'APPROCHE PAS : JE SUIS PAS SÛRE QUE MON VACCIN CONTRE LE TÉTANOS SOIT ASSEZ PUISSANT.
la dent.
ON ARRIVE MÊME PLUS À IMAGINER QU'IL Y A EU D'AUTRES DENTS AUTOUR PAR LE PASSÉ.
on la trouve sur le genre vieille paysanne.
HÉ ! TROP FORT ! VOUS AVEZ MÊME LA VERRUE SUR LE NEZ ! C'ÉTAIT VOUS, DANS BLANCHE-NEIGE ?
les dents géantes.
IL N'Y A PLUS DE PLACE POUR RIEN D'AUTRE DANS LE VISAGE.
on les trouve sur...
...LE GENRE CHIPIE QUI DIT DES VACHERIES SUR LES DENTS DES AUTRES !
AH ? TIENS DONC... ET TU PENSES À QUELQU'UN EN PARTICULIER ?

les gestes

les doigts de la postière

les bras du gros

les dents du binocleux

le pouce du bof

LES ARISTOS

les aristos ont des croyances médiévales...
J'ÉCOUTE LA PAROLE DE DIEU. ET DIEU DIT QUE LA CHAIR EST PÉCHÉ EN DEHORS DU MARIAGE. NOUS NE CONSOMMERONS DONC QUE MARIÉS.
MOI AUSSI J'ENTENDS DIEU. ET DIEU ME DIT QUE TU AS LES COUILLES PLEINES.
les aristos brandissent à toute occasion les armes de leur famille...
VOYEZ, SUR MA CHEVALIÈRE FIGURE L'ÉPÉE FAMEUSE DE MON ANCÊTRE LE CHEVALIER RENÉ. ELLE EST LE SYMBOLE DU COURAGE DE MA FAMILLE.
ET VOUS OSEZ PORTER ÇA ?!?
VOUS QUI, HIER, AVEZ FUI EN HURLANT "POLICE" PARCE QU'UN LYCÉEN VOUS DEMANDAIT L'HEURE ?!?

les aristos ont un look entre marie-antoinette et mère theresa.
ON RETROUVE DES INCONTOURNABLES : LA LAVALLIÈRE ET LES PANTALONS À CARREAUX POUR LUI, LE SERRE-TÊTE À ŒDÈME, LA COUPE AU CARRÉ, LE COLLIER DE PERLES-FOULARD HERMÈS ET LE PETIT SAC EN BANDOULIÈRE POUR ELLE.
ET UNE NETTE PRÉFÉRENCE POUR LE BLEU MARINE.
C'EST QUAND ON LES VOIT QU'ON COMPREND LEUR ABSTINENCE AVANT LE MARIAGE...

les aristos prennent trop de drogue.
NOUS SOMMES UNE RACE À PART... CHOISIS PAR DIEU... UN PEU COMME DES HIGHLANDERS...
ALORS QUE NOUS, NOUS SOMMES UNE RACE À PART, PAS CHOISIS PAR DIEU, UN PEU COMME DES PETITES MERDES.

Les féminines

LES CALMES
LE CALME A TOUJOURS UN PETIT AIR SUPÉRIEUR.
QUOI, QU'EST-CE QU'IL Y A ?!??
MAIS... J'AI RIEN DIT....
T'AS RIEN DIT MAIS TU ME REGARDES COMME SI TU POSSÉDAIS UN FILM DE MOI SUR LES CHIOTTES !
LE CALME A UNE PHRASE TYPE QU'IL SORT UNIQUEMENT POUR VOUS FAIRE PÉTER UN PLOMB.
ALLEZ, ALLEZ... CALME-TOI, MH ?
D'ACCORD : D'ABORD JE TE MASSACRE À COUPS DE COUTEAU AVEC UN ACHARNEMENT INHUMAIN, ET ENSUITE JE ME CALME.
BIZ BIZ
LE CALME PENSE AVOIR RAISON PARCE QU'IL GARDE SON CALME.
JE RÊVE LÀ ! TU T'OBSTINES À DIRE QUE T'AS RAISON ALORS QUE TU VIENS D'AVOIR LA PREUVE DU CONTRAIRE ?!?
TU PERDS PATIENCE. C'EST DONC QUE JE T'ÉNERVE. SI JE T'ÉNERVE, C'EST QUE J'AI RAISON.
LE CALME S'ÉNERVE QUAND ON S'Y ATTEND PAS ET DE MANIÈRE COMPLÈTEMENT ANARCHIQUE.
ALORS LÀ ?! BEUH ! MAIS... ALORS MAIS ! PUTAIN... ALORS ÇA !! VRAIMENT ! HA ! MAIS ! HAAA ?!
ALLEZ, ALLEZ... CALME-TOI, MH ?

les soldes...

parfois on trouve enfin le seul truc qui nous plaît...
ÇA Y EST! J'AI TROUVÉ LA SOLDE DE MES RÊVES!
OUI C'EST TRÈS BEAU, MAIS CET ARTICLE N'EST PAS SOLDÉ.
30%
les grosses remises...
ÇA FAIT COMBIEN?
3000
HOU! HEUREUSEMENT QU'IL Y A 50%!
C'EST 3000 AVEC LES 50% DÉJÀ REMIS
les mini remises des boutiques de luxe...
ÇA FAIT COMBIEN CELLES-LÀ AVEC 5% DE RÉDUCTION À TON AVIS?
5%
ATTENDS, D'ABORD J'ESSAIE DE SAVOIR SI LES PRIX SONT EN ANCIENS CENTIMES...
et quand tout va bien c'est la vendeuse qui fait la feignante.
IL M'EN RESTE UN SEUL ET IL EST SUR LE MANNEQUIN.
OUI, BEN JE LE PRENDS.
PFFF! IL EST SUR LE MANNEQUIN, JE VOUS DIS!
OUI BEN JE LE PRENDS. ET LE MANNEQUIN AVEC S'IL LE FAUT.
PFF! IL VA FALLOIR QUE JE L'ENLÈVE!
OUI. ET ARRÊTEZ DE SOUFFLER.

...et les salopes des soldes

manipulations

... le manipulateur par procuration ...
JULIEN, JULIEN... ÇA FAIT 2 HEURES QUE TU PARLES DE JULIEN JUSTE POUR DIRE QU'IL AIME LE SKI...
JE SAIS, C'EST SUPERFICIEL...
NON. IL A AUSSI DIT QUE C'ÉTAIT UN CONNARD, ET ÇA, ÇA VIENT DE PROFOND!
... le manipulateur-horodateur ...
T'ES VRAIMENT RAPACE! JE TE DEMANDE JUSTE 500 EUROS, TU POURRAIS FAIRE UN GESTE!
Y'A BIEN UN GESTE QUI ME VIENT À L'ESPRIT: TOURNE-TOI...
... mais le pire de tout, c'est quand même le manipulé chronique...
TU FAIS ENCORE LE MÉNAGE CHEZ ÉRIC ???!
MON CŒUR DISAIT NON, MON CORPS DISAIT NON, MON ESPRIT DISAIT NON...
ET C'EST LA SERPILLIÈRE QUI A DIT OUI?
VOILÀ. EN GROS. ALORS CETTE FOIS, TU M'AURAS PAS.
WÔÔÔ... ALLEZ! MA COPINE ADORÉE!
AH BEN, TIENS... IL RESTAIT LA TENTATIVE DE SÉDUCTION...
... SEULEMENT, POUR ÇA, MON COCO, IL TE MANQUE UN DÉTAIL: LE PHYSIQUE DE BRAD PITT...
HIN! HIN!

les massages des mecs
ils massent toujours où on s'en fout...
DIS DONC, T'Y ALLAIS AU COURS D'ANATOMIE?
QUOI, ENCORE ?!! T'AVAIS MAL AUX REINS, OUI OU NON ?!
...ils confondent doux et mou...
TU ME MASSES LA PEAU, ANDOUILLE!
...ils se croient dans Karate-King...
MAIS QU'EST-CE QUI TE PREND??! QU'EST-CE QUE JE T'AI FAIT!??!
TAPATAPATAPAT
T'AS INVITÉ TES PARENTS À PASSER 2 JOURS À LA MAISON.

... ils se jettent soudainement sur vous et vous vous attendiez à tout sauf à ça...
MAIS COMMENT TU PEUX ÊTRE EXCITÉ PAR DE LA CELLULITE SOUS PRESSION ?!!? T'ES VRAIMENT UN MALADE !
PELOTE PELOTE
... ils vous achèvent avant d'avoir commencé...
ALORS... OÙ AS-TU MAL ?
CRRRAAAC
... et ça finit toujours pareil...
MMMMH ! ÇA FAIT DU BIEN !...

OBÊLIX

quand on prend du poids, ça fait du bien de changer d'identité.
J'AI PAS BIEN COMPRIS TA THÉORIE D'ÊTRE À PARTIR D'AUJOURD'HUI OFFICIELLEMENT UN ÉLÉPHANT...
BEN C'EST SIMPLE : COMME HUMAINE, JE SUIS TROP GROSSE, ALORS QUE COMME ÉLÉPHANT, JE SUIS RACHITIQUE.
c'est super dur de deviner le poids de quelqu'un.
INDIVIDU, ENVIRON 1M75, 80KG...
C'EST ÇA QUE J'AIME CHEZ LES POLICIERS, ILS ONT CE DON !
CRC
le plus grave, c'est pas le poids, c'est la taille vêtements.
ÇA FAIT UNE SEMAINE QUE TU SAIS QUE T'AS PRIS 5 KILOS, POURQUOI T'EN FAIS UN DRAME AUJOURD'HUI ?
5 KILOS, ON S'EN FOUT, MAIS PASSER DU 38 AU 40, ÇA C'EST DRAMATIIIIIQUE !
il n'y a pas de solution pour consoler quelqu'un qui a pris beaucoup de poids.
MAIS NON, T'ES PAS GROSSE...
COMMENT TU PEUX LUI DIRE ÇA ALORS QUE C'EST UN HIPPOPOTAME !
SI TU VEUX L'AIDER, COMMENCE PAR ÊTRE HONNÊTE !
OUI, ÇA M'AIDE BEAUCOUP... MERCI HÉLÈNE...
HA !

le boss-sexing

COPINE DE BUREAU
la copine de boulot mélange « copine »...
HIER, TU M'OFFRES UN CAFÉ, ON S'EST BIEN MARRÉES TOUTES LES DEUX (MÊME SI JE SUIS TA SECRÉTAIRE)...
... avec « boulot »...
MAIS J'AVAIS RAISON DE PAS CROIRE EN TA SINCÉRITÉ : CE MATIN, ON ARRIVE AU BUREAU, ET TU FAIS QUOI ??! TU ME DEMANDES DE TAPER TON COURRIER !
À MOI !
UNE AMIE !
la copine de bureau peut cacher une traître...
J'AI PENSÉ CONFIER VOTRE DOSSIER À VALÉRIE CAR VOS PROBLÈMES PERSONNELS (J'AI SU QUE VOUS VOUS ÉTIEZ FAITE LARGUER COMME UNE MERDE) PEUVENT VOUS EMPÊCHER D'Y VOIR CLAIR...
BOSS
TU VOULAIS PAS QUE J'EN PARLE ?!
...il faut donc toujours avoir un jocker sur vous.
... MAIS COMME VOUS AVEZ GAGNÉ VOTRE PARI (VALÉRIE SAIT-ELLE GARDER UN SECRET ?), ENJEU DONT L'ÉTAIT : VOUS RÉCUPÉREZ VOTRE DOSSIER... ET LES SIENS.
BOSS
POC

Ouais, ouais, je sais très bien ce que t'as dit...

Les pépés

les pépés boutonnent leur pantalon très haut sous les bras.
ILS FONT PAREIL AVEC LES MAILLOTS DE BAIN...
... ON OSE PAS IMAGINER AVEC UN STRING ...
ils ont des sourcils longs comme des cheveux.
EN TOUT CAS, ON PEUT DIRE QUE VOUS AVEZ PAS FROID AUX YEUX !
OUIRF !
PFF !
ils ont des dentiers trop grands qui se déchaussent quand ils mâchent.
C'EST CARRÉMENT DE LA PERCUSSION BUCCALE !
L'INVENTEUR DU RAP, C'ÉTAIT VOUS ?!??...
MÂCHE CLIC MÂCHE CLOC MÂCHE CLIC MÂCHE CLOC MÂCHE
ils font des bruits de gorge insoutenables.
MÉFIEZ-VOUS DU CHAT QUE VOUS AVEZ DANS LA GORGE...
... C'EST UN MUTANT !
RRRK
GRMLLLMM
RHÔÔÔÔÔMM

ils mettent des bonnets à pompon avec un survêtement.
LE GRAND MYSTÈRE, C'EST : POUR QUEL GENRE D'ACTIVITÉ METTEZ-VOUS UN SURVÊTEMENT ???
seuls les pépés parviennent à être pas assez chauves.
IL Y A DEUX CAS : SOIT IL RESTE PEU DE CHEVEUX MAIS TELLEMENT POURRIS QUE ÇA FAIT MAUVAISE HERBE...
... SOIT ILS ONT DES CHEVEUX ENCORE MAGNIFIQUES ET ÇA FAIT PERRUQUE.
les pépés adorent les caddies à carreaux.
ET SI VOUS L'OUVREZ, VOUS POUVEZ ÊTRE SÛRS QU'IL Y A DES POIREAUX DEDANS.
les pépés qui veulent faire jeunes et modernes paraissent toujours suspects...
MAIS OUI ! VOUS AVEZ RAISON, LES JEUNES ! EMBRASSEZ-VOUS !
J'HÉSITE ENTRE LE GENTIL VIEUX QUI AIME LA VIE ET LE SATYRE QUI PROPOSE DE NOUS REGARDER...

Les petits
le petit costaud
version déménageur
ELLE AURAIT PAS UNE P'TITE BIÈRE, LA P'TITE DAME ?
SI. DÈS QUE VOUS AUREZ MONTÉ SA P'TITE ARMOIRE NORMANDE.
version pitbull
ALLEZ-Y, DITES UN TRUC, POUR VOIR.
GRRRRRR ROUAF! RÔÔÔÔÔÔ
OUI, C'EST BIEN CE QUE JE PENSAIS...
le petit à talons
BON. ON PASSE SUR LA GOMINA QUI FAIT LE CHEVEU GRAS. C'EST DE TON ÉPOQUE...
... PASSE AUSSI LE LOOK TANGO...
... ET LE BAISE-EN-VILLE EN SIMILICUIR, COULEUR DIARRHÉE. BEURK...
MAIS IL EST TEMPS QUE TU DÉCOUVRES LA VÉRITÉ : UN PETIT QUI MET DES TALONS, ÇA FAIT PAS GRAND...
... ÇA FAIT PETIT À TALONS.
NON!

le petit gros
version "veut avoir quand même l'air jeune"
ARRÊTE CE LOOK "FAN DE BANDES DESSINÉES".
ON T'IMAGINE PAS DU TOUT DANS UNE SALLE DE SPORT MAIS PLUTÔT EN VACANCES DANS UNE CARAVANE AU BORD D'UNE NATIONALE...
RAP
... MAIS TU M'IMPRESSIONNES QUAND MÊME : COMMENT AS-TU RÉUSSI À TROUVER UN PANTALON TROP GRAND POUR TOI ?
version "mise sur son côté gentil"
UN CONSEIL : NE TE FAIS JAMAIS PHOTOGRAPHIER DANS UN JARDIN UNE BROUETTE ENTRE LES MAINS.
POURQUOI ? C'EST JOLI, UN JARDIN !
le petit teigneux
version joe dalton
KESSTA, KESSTA ! ?!
POURQUOI TU ME MATES COMME ÇA, CONNASSE ?! TU ME TROUVES PETIT, C'EST ÇA ?
CHUIS P'TIT ? VAS-Y, DIS-MOI QU'CHUIS P'TIT !
VOUS ÊTES PETIT.
version tout dans le regard
CEUX-LÀ, C'EST LES PIRES...
... SANS RIEN DIRE, ILS ARRIVENT À VOUS COLLER LA HONTE D'ÊTRE PLUS GRANDE QU'EUX.

les regards

le regard puissance magnétique : il vous fait l'oeil hypnotique pour prendre le pouvoir sur votre volonté.

le regard du toutou abandonné : l'amoureux éconduit qui essaie de vous émouvoir pour vous récupérer.

le regard clint eastwood : ferme presque entièrement les yeux pour montrer qu'il est un dur et qu'il va vous mater.
DANS UN WESTERN, ÇA LE FERAIT SÛREMENT, MAIS DANS UN SUPERMARCHÉ, ON PENSE QUE T'ESSAIES DE TE SOUVENIR SI OUI OU NON TU DOIS RACHETER DU PQ...
le regard « barbie te méprise » : regard hautain-creux censé manifester la suprématie des bimbos sur les autres filles.
SI VOUS TENTEZ DE MARQUER VOTRE SUPÉRIORITÉ PHYSIQUE, CE REGARD STUPIDE VOUS ENLAIDIT. PAR CONTRE ON Y LIT TOUTES VOS CAPACITÉS INTELLECTUELLES...

Comment bien Couiner

J'EN AI MARRE DE TOUT EN GÉNÉRAL : menton rentré, dents en avant, tête en arrière, pleurer en hoquets.

JE ME SUIS EXPLOSÉ L'ORTEIL DANS UN MEUBLE ALORS QUE MON MEC VIENT DE ME LARGUER : lâcher tout.

JE VEUX QU'IL ME VOIE COUINER TOUT EN LUI LAISSANT CROIRE QUE JE VEUX ME CACHER... : prostrée, les yeux fixes et mouillés, grandes reniflades, le menton tremblant.

Le Permis

pour une raison qui reste obscure, les hommes veulent toujours conduire...
PARCE QUE TOI, J'AI PAS CONFIANCE : T'AS QUAND MÊME PASSÉ 2 FOIS LE CODE !
JE L'AI RATÉ À UNE SEULE FAUTE !
... mais ce qu'ils préfèrent ...
FAUT VOIR LA FAUTE !
... c'est raconter en public combien les filles sont nulles au volant.
DEVANT CETTE DIAPO...
A : je passe B : je passe pas
... HÉLÈNE A RÉPONDU "A"...
ET POUR L'ÉPREUVE DE CONDUITE, C'EST CARRÉMENT UNE COMÉDIE DES CHARLOT !
PAS DU TOUT ! J'AI EU MON PERMIS BRILLAMMENT...
... DÈS LA QUATRIÈME FOIS.
ça ! pour ouvrir grand leur gueule, ils sont forts...
LA PREMIÈRE FOIS, ELLE A DÉMARRÉ ET S'EST JETÉE DIRECTEMENT DANS LA SEULE RUE À SENS INTERDIT.
HA ! HA ! HA ! HA ! HA ! HA ! HÂAA
QUAND UNE VOITURE S'EST POINTÉE EN FACE D'ELLE EN FREINANT DE SURPRISE, HÉLÈNE A DIT UNE SEULE CHOSE ...
BEN ! QU'EST-CE QU'IL FOUT LÀ, CELUI-LÀ !?
... mais à la première bouteille ouverte ...
JE GROIS GUE DU VAS GONDUIRE AU RETOUR MON AMOUR ...
... vengeance !
MAIS BIEN SÛR, MON AMOUR CHÉRI... À UNE CONDITION : TU RACONTES À TOUT LE MONDE COMME T'AS TRÈS PEUR DE DOUBLER LES GROS CAMIONS SUR L'AUTOROUTE.

LES INFARCTUS

Chaque jour, on se fait péter le cœur et souvent pour des raisons complètement débiles.

le craquement de plancher dans la pièce d'à côté.
Y'A QUELQUUN ??? *
CRRRR
* TRADUCTION : Y'A PERSONNE, DONC C'EST ALIEN.
le mec quitté depuis un an qui revient et revient et revient.
Hii!
JE T'ATTENDS DEPUIS CE MATIN ... IL FAUT QU'ON PARLE!
ON S'EST DÉJÀ TOUT DIT! *
* TRADUCTION : JE T'AI DÉJÀ TOUT DIT QUE DEHORS, GROSSE MERDE, JE VEUX PLUS DE TOI.
et le pire : la conduite avec votre mec comme passager.
HAAAA!!
Quoi ?!?? KESKIYA ?!/ KESKIYA !?
NON RIEN. J'AI CRU QUE L'AUTRE AVAIT LA PRIORITÉ MAIS EN FAIT, NON. *
BOM BOM BOM BOM
* TRADUCTION : JE M'ENNUIE ET J'AIMERAIS BIEN QU'ON S'ENGUEULE POUR M'OCCUPER.

les modestes

le modeste par abstention
T'AS RIEN COMPRIS, VINCENT, IL DIT RIEN PARCE QUE C'EST UN MODESTE !
MAIS T'ES VRAIMENT GOURDE !
JE L'AI BIEN OBSERVÉ...
... C'EST UN MUET PRÉTENTIEUX !
le faux modeste moraliste
JE TROUVE QUE TES PROPOS MANQUENT UN PEU DE MODESTIE.
ET JUGER DE LA MODESTIE DES AUTRES, C'EST MODESTE ?
ET QUE VIENS-TU DE FAIRE À L'INSTANT ?
À L'INSTANT, JE SAIS PAS, MAIS DANS 5 MINUTES JE TE METS MA MAIN GRAND DANS LA GUEULE...
... ET, TU VERRAS, J'AI LA MAIN PAS MODESTE DU TOUT.
le faux modeste névrosé
JE SUIS NULLE, HEIN ? C'EST ÇA ? JE SUIS NULLE ?
SI JE RÉPONDS, J'AI 3 JOURS D'EMMERDES...
... ET JE SUIS UNE EMMERDEUSE, C'EST ÇA QUE TU VEUX DIRE ?
ALORS QUE SI JE DIS RIEN, ÇA DURE UNE HEURE.
le vrai modeste
TU FAIS DES TRUCS FORMIDABLES SANS JAMAIS TE VANTER, T'OUBLIES JAMAIS DE VANTER CE QUE FONT LES AUTRES ET TU PASSES TON TEMPS À CACHER TES DONS...
Y'A RIEN DE PLUS PRÉTENTIEUX QUE ÇA !

LES PHRASES DE VIEUX

la grande phrase du vieux misogyne

la grande phrase du vieux jaloux

la grande phrase du vieux P.D.G

la grande phrase du pas tout à fait vieux

Mes petits préjugés
les gens qui écoutent du classique ne pensent pas comme moi...
Toi???? TES GOÛTS POUR LE CINÉMA, C'EST LA TRILOGIE DU "SEIGNEUR DES ANNEAUX"???
BEN QUOI?
BEN, T'ÉCOUTES HAYDN, JE TE VOYAIS PLUTÔT AIMER LES FILMS DE GODARD...
ET MOI JE TE VOYAIS PLUTÔT REGARDER "HÉLÈNE ET LES GARÇONS".
les types qui voyagent en chopper avec le bandana sur la tête sont toujours obèses...
LE DÉTAIL QUI TUE C'EST LES SANTIAGS. SUR LES GROS ÇA FAIT CHAUSSES DU MOYEN ÂGE... OUH! MISÈRE... HI! HI!
les fonctionnaires sont des handicapés mentaux...
JUSTE POUR DIRE BONJOUR
JE NE PEUX RIEN VOUS DONNER SI VOUS N'AVEZ PAS REMPLI LE FORMULAIRE 159C.
OUI. DONC, POUVEZ-VOUS M'EN DONNER UN POUR QUE JE LE REMPLISSE??
OUI. SI VOUS AVEZ LE FORMULAIRE 159C.
85% des mecs sont des catastrophes au lit...
COMME SI TES MAUVAISES EXPÉRIENCES AVEC TES EX REPRÉSENTAIENT UNE GÉNÉRALITÉ! ÇA M'ÉNERVE, ÇA!
SEULEMENT 15% DES MECS NE S'ÉNERVENT JAMAIS QUAND ON LEUR DIT ÇA..
HIN HIN

les ouvriers du bâtiment sont toujours en retard...
RECTIFICATION : C'EST PAS UN PRÉJUGÉ, C'EST UN FAIT !
NON NON NON NON NON NON NON NON NON !
ALORS LÀ, MERDE !
FAITES DES TRAVAUX CHEZ VOUS ET APRÈS ON EN REPARLE !
les médecins ne savent pas écrire...
LA PHARMACIENNE A RÉUSSI À LIRE AU BOUT D'UNE HEURE "DEUX MOIS DE PARACÉTAMOL" ! ELLE EN RIAIT TELLEMENT C'ÉTAIT MAL ÉCRIT ! CACHER SA NULLITÉ EN ORTHOGRAPHE EN ÉCRIVANT COMME UN COCHON, ÇA SE FAIT QUAND ON A 8 ANS !
ORDONNANCE
VOUS AVEZ MAL COMPRIS. JE N'AI PAS ÉCRIT "DEUX MOIS DE PARACÉTAMOL", MAIS "DÉBARRASSEZ-MOI DE CETTE FOLLE" !
les gros ont une petite bite et des grosses couilles...
... COMME LES STATUES DE LA GRÈCE ANTIQUE, FIGURE-TOI !
BON SANG ! MAIS COMMENT N'AI-JE PAS REMARQUÉ PLUS TÔT TA RESSEMBLANCE FLAGRANTE AVEC APOLLON !
fun
... je sais... de telles pensées sont honteuses...
PFF ! C'EST BIEN LES GONZESSES, ÇA, D'AVOIR DES IDÉES PRÉCONÇUES SUR TOUT !
TIENS, TIENS ! ET ON DIRAIT QU'ON EST PAS LES SEULES !

la retouche maison
quand j'étais petite, je me tapais les fringues données par mes grandes soeurs et leurs copines.
IL N'Y A AUCUNE RAISON DE T'ACHETER UN PANTALON ALORS QUE CELUI-CI N'A ÉTÉ PORTÉ QUE 8 ANS.
et c'était pas du tout à la mode de mon époque.
LE PIRE C'EST QUAND J'ARRIVAIS AU COLLÈGE. LE CONTRASTE ME PARAISSAIT IMMENSE.
alors, je me suis mise à retoucher avec les moyens du bord : les jupes, pour en faire des minijupes, je les roulais à la ceinture...
4 TOURS : AU-DESSUS DU GENOU, 6 TOURS : RAS-LA-TOUFFE.
...mais ça faisait un gros boudin à la taille.
EH BEN COMME ÇA JE ME PRÉPARE PROGRESSIVEMENT À AVOIR UN JOUR LE MÊME CORPS QUE MA MÈRE !
JE T'ENTENDS !

je cousais les jambes des pantalons pour les rétrécir...
OUHLÀ! OUHLÀ!!! ON SE CALME!
Si TU CASSES MA MACHINE JE TE FICHE UNE RACLÉE!
VVVVVVVV
SINGER
... mais je faisais toujours une jambe plus serrée que l'autre.
EH BEN COMME ÇA JE SUIS SÛRE D'AVOIR UNE BONNE CIRCULATION DU SANG DANS L'AUTRE JAMBE...
COVIC
aujourd'hui, je peux m'acheter mes propres fringues...
...MAIS J'AI QUAND MÊME UNE MACHINE À COUDRE!
QU'ELLE UTILISE POUR REDÉCORER LA MAISON...
... mais entre-temps, je me suis mariée...
...ET MAINTENANT C'EST MOI QUI AI L'IMPRESSION DE ME FAIRE REFOURGUER LA DÉCO DE CHEZ MA GRAND-MÈRE.

LES VAMPIRES

le ronfleur

le ronfleur est un rigolo...
J'AI RONFLÉ CETTE NUIT ?
TU RONFLES TOUTES LES NUITS, POURQUOI TU DEMANDES ?!
PARCE QUE MOI, J'AI RIEN ENTENDU ! HI ! HI !
le ronfleur commence par s'endormir...
ÇA ! ON SAIT QUAND IL S'ENDORT !
RRRRRRR
... parfois le ronflement s'arrête...
AVANT JE ME FAISAIS AVOIR, MAIS MAINTENANT J'AI COMPRIS...
... cette pause peut durer jusqu'à 15 minutes...
JE SAIS CE QUE TU ATTENDS !...
... et puis ça repart...
HA ! HA ! RATÉ ! JE ME SUIS PAS ENDORMIE !
MPRRRRR
... alors on s'occupe en essayant des trucs...
R
... et c'est là que se révèle un aspect important de la personnalité du ronfleur :
HEIN ?! QUOI ?!
TU RONFLES.
c'est un injuste.
ET TU ME RÉVEILLES POUR ME DIRE ÇA ?!?
MAIS NON MAIS JE PEUX PAS DORMIR À CAU
TU PEUX PAS DORMIR ALORS TU VEUX AUSSI M'EN EMPÊCHER ?!?!?
MAIS
C'EST IGNOBLE !
et c'est comme ça qu'il s'offre une paix royale.
T'ES VRAIMENT DÉGUEULRRRRR
BON. RENDORS-TOI ...

LOS PORNOS
JE COMPRENDS PAS COMMENT SOPHIE A PU QUITTER MARC. ELLE DISAIT POURTANT QU'AU LIT, IL ÉTAIT COMME UNE STAR...
MAIS NON, BANANE ! "COMME UNE STAR DE PORNO" !
BON, J'T'EXPLIQUE...
... D'ABORD, DANS LES PORNOS, LES TYPES MANIPULENT LES FILLES COMME S'ILS DÉMÊLAIENT DES FILS ÉLECTRIQUES...
LES RELATIONS SEXUELLES... RESSEMBLENT À DES SÉANCES DE FITNESS...
1, 2, 3 ET 4... ET ON ACCÉLÈRE !
... LE TRUC BIZARRE, C'EST QUE LES NANAS PARVIENNENT À GARDER COIFFURE ET MAQUILLAGE INTACTS...
... LES NANAS FONT PLEIN DE TRUCS EN MÊME TEMPS EN AYANT L'AIR DE PRENDRE LEUR PIED QUAND MÊME...
... MÊME DANS DES SITUATIONS DE LA VIE COURANTE, C'EST PAS POSSIBLE À RÉALISER...
LE PRENDS PAS MAL, MAIS J'AI L'IMPRESSION QUE TU SUIS PAS DU TOUT LA CONVERSATION...
... ET LES TYPES DES PORNOS SONT CONVAINCUS QUE LES NANAS AIMENT QUAND ÇA DÉFONCE HARD...
... ALORS QUE J'EN AI MAL AU CUL RIEN QU'EN LES REGARDANT...
OK, BONNE RAISON POUR LARGUER MARC. MAIS POURQUOI TOUT LE TEMPS QU'ILS ÉTAIENT ENSEMBLE, SOPHIE RÉPÉTAIT QUE C'ÉTAIT MERVEILLEUX ?
BEN JUSTEMENT, C'EST PARCE QUE, DANS LES PORNOS, LE RÔLE DE LA FILLE C'EST D'AVOIR L'AIR CONTENT !
JE VOIS : SOPHIE A FAIT CROIRE À MARC QU'IL ÉTAIT GÉNIAL PENDANT UN AN, APRÈS ELLE LE LARGUE ET ELLE RÉPAND QU'IL ÉTAIT NUL AU LIT, ET QU'ELLE L'A PRIS POUR UN CON EN LE LUI CACHANT TOUTE UNE ANNÉE...
OUAIS, MAIS NON... MAIS C'EST QUAND MÊME LA FILLE LA VICTIME... TU VOIS ?...

les vipères
la vipère de chiottes pour femmes.
S'ATTAQUE À CE QU'ELLE VOIT.
T'AS VU LA PÉTASSE QUI DANSE AVEC JEAN-MI ? LE BLUE-JEAN DE PÉTASSE ! QUELLE PÉTASSE !
OUAIS, PIS VULGOS' EN PLUS !
Corinne
la vipère intellectuelle
S'ATTAQUE À CE QU'ELLE IMAGINE.
QUAND ELLE A DIT "ON SE VOIT DEMAIN, LES FILLES." C'EST PAS FREUDIEN, ÇA ?
ET "LES FILLES", JALOUSIE FRATERNELLE REFOULÉE !
ET CE "ON" ? DÉPERSONNALISATION À BUT MÉPRISANT !
la vipère de hall d'immeuble
S'ATTAQUE À TOUT CE QUI OCCUPE UN RAYON DE 100 MÈTRES SUR UNE HAUTEUR DE 6 ÉTAGES.
ET LE TYPE DU 4ÈME QUI CHANGE DE FILLE TOUS LES JOURS ! SANS COMPTER CELLE DU 5ÈME QUI FAIT DES CHOSES À SON CHIEN. NI CELLE DU 3ÈME QUI S'EST ENCORE FAIT LARGUER QU'ON L'ENTEND CHIALER DEPUIS MA LOGE...
CELLE DU 3ÈME C'EST MOI, GROSSE ABRUTIE.
la vipère snob
S'ATTAQUE À CE QU'ELLE NE VOIT PAS.
TU SAIS, CES GENS N'ONT PAS D'ÉDUCATION : ILS NE SAVENT ABSOLUMENT PAS DÉCORER UNE VILLA...
ÔÔÔH, JE T'EN PRIE, ÇA ME DÉGOÛTE...

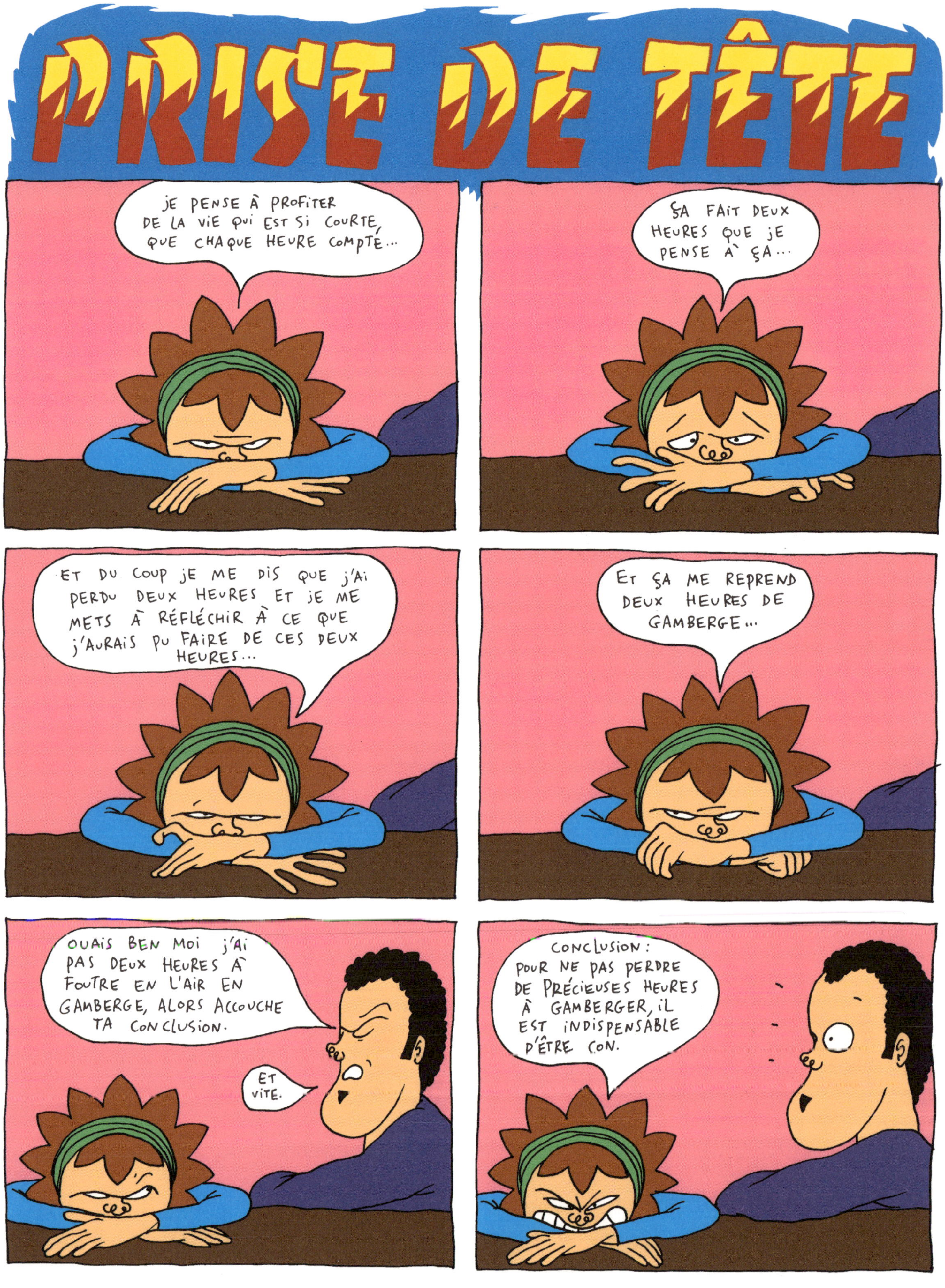
PRISE DE TÊTE
JE PENSE À PROFITER DE LA VIE QUI EST SI COURTE, QUE CHAQUE HEURE COMPTE...
ÇA FAIT DEUX HEURES QUE JE PENSE À ÇA...
ET DU COUP JE ME DIS QUE J'AI PERDU DEUX HEURES ET JE ME METS À RÉFLÉCHIR À CE QUE J'AURAIS PU FAIRE DE CES DEUX HEURES...
ET ÇA ME REPREND DEUX HEURES DE GAMBERGE...
OUAIS BEN MOI J'AI PAS DEUX HEURES À FOUTRE EN L'AIR EN GAMBERGE, ALORS ACCOUCHE TA CONCLUSION.
ET VITE.
CONCLUSION : POUR NE PAS PERDRE DE PRÉCIEUSES HEURES À GAMBERGER, IL EST INDISPENSABLE D'ÊTRE CON.

Pourquoi Moi?

JE RÊVE : TU SORS DE TA SOMNOLENCE, TU OUVRES UN OEIL ET TU DIS « TU M'ÉCOUTES ?! » D'UN AIR AGACÉ ?!!
ET ALORS ?
ET ALORS C'EST MOI QUI TE PARLAIS !

Impression : Pollina en octobre 2005
SEFAM 22 rue Huyghens, 75014 Paris
ISBN : 2-226-16670-X
N° d'impression : L98055
N° d'édition : 23941
Dépôt légal : novembre 2005
Imprimé en France